Moka

Le chat qui voulait voler comme un oiseau

Texte : **Gilles Tibo** • Préface : **Germain Duclos**

Illustrations : **Bruno St-Aubin**

Préface
de Germain Duclos

La collection

Chaque histoire de la collection Estime de soi est construite autour d'un personnage principal qui vit une aventure reliée à une composante de l'estime de soi. Les enfants sont très sensibles aux histoires qui lient leur imaginaire à leur vécu affectif. En s'identifiant aux différents personnages, ils découvrent peu à peu leur propre valeur.

L'estime de soi, un héritage précieux

L'estime de soi pourrait être définie comme la conscience de la valeur personnelle qu'on se reconnaît dans différents domaines. Mais, pour qu'un enfant prenne conscience qu'il a une valeur intérieure, il faut que les personnes qui sont significatives pour lui soulignent régulièrement ses succès, par des paroles et des gestes positifs, et lui disent ce qu'elles apprécient chez lui. Ce n'est pas le fait que l'enfant fasse un « bon coup » qui nourrit son estime de soi, mais le fait que ces personnes le remarquent et expriment leur fierté.

Grâce aux rétroactions positives à son égard, l'enfant prend conscience de ses qualités et parvient graduellement à juger de ses capacités. La sécurité et la confiance, la connaissance de soi, le sentiment d'appartenance et le sentiment de compétence sont les quatre grandes composantes de l'estime de soi.

Une bonne estime de soi est le principal atout pour prévenir les difficultés d'adaptation et d'apprentissage chez l'enfant. En ce sens, développer l'estime de soi chez son enfant est le plus bel héritage qu'on puisse lui donner.

Moka et l'identité corporelle

Moka est un chat qui rêve de voler comme un oiseau. Le problème, c'est qu'il est un chat ! Malheureux, il regarde les oiseaux et accepte mal de ne pas être comme eux. Avec l'aide de ses amis, il réalisera que ce qui fait son bonheur ne pourrait exister s'il n'était pas justement un… chat ! Dans le regard des autres, Moka prend conscience de son corps comme élément important de son identité.

Comme Moka, l'enfant doit arriver à accepter son corps et à en apprécier toutes les particularités. Il ne pourra jamais être ce qu'il n'est pas ! Cette connaissance de son corps est favorisée, avant tout, par les rétroactions positives et le regard de ses parents. Le tout-petit se rend compte qu'il est unique par la couleur de ses yeux ou de ses cheveux, sa taille, la couleur de sa peau, une tache de naissance, ses habiletés physiques, etc. Il construit ainsi peu à peu son identité corporelle.

L'estime de soi corporelle est la première composante de l'estime de soi qui se développe chez l'enfant. Le bébé se sent aimé d'abord et avant tout dans son corps. Par la répétition des soins que lui prodiguent ses parents – *ils me nourrissent, me bercent, m'embrassent et me lavent* –, le tout-petit « enregistre » que son corps est important pour eux. Par le biais de ces soins et de l'affection qu'il reçoit de ses parents, il prend conscience de la valeur de son corps puisque les personnes qui lui sont significatives lui donnent ainsi de l'importance.

Les parents et les éducateurs ont un rôle important à jouer. Ils aident l'enfant à acquérir une image positive de son corps, en lui faisant apprécier ses caractéristiques physiques.

Attitudes qui favorisent chez l'enfant l'acceptation de son corps :

- répondez à ses besoins de contact physique ;
- reconnaissez ce qui le différencie sur le plan corporel et acceptez-le ;
- utilisez un langage respectueux en parlant de son apparence physique ;
- valorisez ses apprentissages sur le plan moteur ;
- centrez-vous sur ses forces et ses qualités ;
- donnez-lui régulièrement des rétroactions positives.

Germain Duclos est psychoéducateur et orthopédagogue. Il est l'auteur de nombreux livres sur l'estime de soi et œuvre depuis plus de 30 ans auprès des enfants.

Moka

Le chat qui voulait voler comme un oiseau

À Super Bruno, mon homme de confiance
Gilles Tibo

À Gilles, mon ami
Bruno St-Aubin

Moka n'est pas un chat ordinaire.

Moka est le seul chat du monde qui rêve de s'envoler

comme les canards, les pigeons ou les hirondelles.

Moka est le seul matou du monde qui rêve de survoler les forêts,

les lacs et les prairies.

Tous les matins, Moka observe le vol des oiseaux :
leur décollage, leur vol plané, leur descente vertigineuse,
leur atterrissage. Tous les après-midi, Moka épie les oiseaux.
Il les regarde se nourrir. Il écoute leur chant.
Il les envie de pouvoir se baigner dans l'étang.
Et surtout, surtout, il admire leurs grandes ailes
qui se déploient dans le ciel.

« Si je mange la même chose que les oiseaux, peut-être qu'il me poussera un bec », se dit Moka.

Pendant des jours et des jours, Moka creuse dans le sol.
Il retourne les pierres. Il fouille sous les troncs d'arbres.
Moka essaie de manger des vers de terre. POUAH ! POUAH ! POUAH !

Un grand bol de lait chaud, c'est bien meilleur !

«Si je chante comme les oiseaux, se dit Moka,

peut-être qu'il me poussera des plumes.»

Moka essaie de roucouler comme le pigeon, de siffler comme le merle.
Il fait de multiples tentatives pour hululer comme le hibou,
pour caqueter comme la poule.

Mais du matin au soir, et du soir au matin, il ne réussit qu'à…
miauler et encore miauler, jusqu'à en perdre la voix.

«Si je me baigne comme les oiseaux, peut-être qu'il me poussera des pattes palmées», se dit Moka. Moka se lance dans la mare aux canards. Il patauge dans l'étang où se prélassent les oies.

Mais après avoir passé une semaine le poil tout mouillé et les oreilles remplies d'eau, Moka se rend bien compte que ses pattes ne se transforment pas.

Découragé de n'avoir ni plumes, ni bec, ni pattes palmées,
Moka se rend sur la colline. Les yeux pleins d'eau,
il regarde les oiseaux dessiner des arabesques dans le ciel.
Il imagine qu'il lui pousse de longues ailes et qu'il s'envole
vers le Sud avec les canards.

Maximilienne, la vache de monsieur Landry, s'approche en broutant l'herbe. Elle s'assoit près de Moka et lui dit :

– Je t'ai vu manger des vers de terre, tenter de roucouler comme le pigeon et essayer de nager dans l'étang... Veux-tu bien me dire quelle mouche t'a piqué ?

– J'aimerais devenir un oiseau, soupire Moka en fixant les nuages.

Tout étonnée, Maximilienne répond à Moka :
– Mais tu ne peux pas devenir un oiseau ! Tu es un chat, et les chats ne volent pas. Moi, par exemple, je suis une vache qui broute l'herbe. J'essaie de donner le meilleur lait possible. C'est mon travail de vache.

Les yeux de Moka s'agrandissent. Il s'écrie :
– Alors, moi aussi, j'aimerais devenir une vache pour donner du bon lait chaud !

Encore plus étonnée, Maximilienne caresse Moka avec son museau et lui dit en souriant :

—Toi, tu es un beau chat, avec des pattes de chat, du poil de chat, des oreilles de chat. Tu peux miauler, ronronner, jouer avec des balles de laine et chasser les souris.

Moka cesse de regarder les oiseaux dans le ciel. Il se met en boule près de son amie, et il réfléchit. Il réfléchit longuement à sa vie de chat.

Puis Moka se lève d'un bond. Tout joyeux, il dit :

– C'est vrai ! Je peux miauler, ronronner, attraper des souris...
et, en y pensant bien, je peux faire quelque chose que très peu d'ani-
maux peuvent faire !

– Ah oui ? Et quoi donc ? demande Maximilienne.

– Ça, c'est un secret de chat, dit Moka en s'enfuyant à toutes pattes.

En bondissant par-dessus les pierres, Moka se dirige
vers la ferme de monsieur Landry.

Il monte sur la galerie, bondit sur une chaise et se lance dans
la maison par une fenêtre ouverte.

Moka traverse le salon, pousse une porte, saute sur le lit et se couche près de Julie, la petite fille du fermier.

Julie se retourne. Elle se blottit contre Moka.

Moka ferme les yeux et s'endort à son tour.
Mais il ne rêve plus de devenir un oiseau.

Tout heureux d'être un chat… il ronronne de plaisir
dans les bras de Julie !

Catalogage avant publication de Bibliothèque et Archives Canada

Tibo, Gilles, 1951 -

Moka, le chat qui voulait voler comme un oiseau
(Estime de soi)
Pour enfants.

ISBN 2-89512-306-3

1. Image du corps - Romans, nouvelles, etc. pour la jeunesse. 2. Estime de soi - Romans,
nouvelles, etc. pour la jeunesse. I. St-Aubin, Bruno. II. Duclos, Germain. III. Titre. IV.
Collection: Estime de soi (Saint-Lambert, Québec).

PS8589.I26M59 2005   jC843'.54   C2003-941092-7
PS9589.I26M59 2005

Directrice de collection : Johanne Ménard
Conseillère à l'édition : Agnès Huguet
Direction littéraire : Lucie Papineau
Direction artistique et graphisme : Tatou communication visuelle

L'éditeur tient à souligner la participation de Nicole Milord à l'élaboration du concept
de la collection et à remercier Claire Chabot pour sa collaboration.

Dépôt légal : 3e trimestre 2006
Bibliothèque nationale du Québec
Bibliothèque nationale du Canada

Dominique et compagnie
300, rue Arran, Saint-Lambert (Québec) CANADA J4R 1K5
Téléphone : (514) 875-0327
Télécopieur : (450) 672-5448
Courriel : dominiqueetcie@editionsheritage.com
www.dominiqueetcompagnie.com

Les éditions Enfants Québec
courriel : editions@enfantsquebec.com
www.enfantsquebec.com

Imprimé en Chine
10 9 8 7 6 5 4 3 2 1

Nous remercions le Conseil des Arts du Canada de l'aide accordée à notre programme
de publication.
Nous reconnaissons l'aide financière du gouvernement du Canada par l'entremise du
Programme d'aide au développement de l'industrie de l'édition (PADIÉ) pour nos activités
d'édition.
Nous reconnaissons l'aide financière du gouvernement du Québec par l'entremise du
Programme de crédit d'impôt pour l'édition de livres – SODEC – et du Programme
d'aide aux entreprises du livre et de l'édition spécialisée.

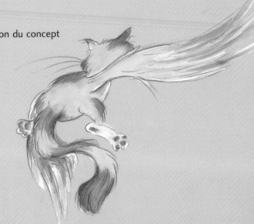